Noite em claro
Noite adentro

MARTHA MEDEIROS

Noite em claro
Noite adentro

L&PM EDITORES

Texto de acordo com a nova ortografia.
A novela *Noite em claro* foi publicada pela primeira vez na série 64 páginas (Coleção L&PM POCKET, 2012).

Capa: Ivan Pinheiro Machado. *Ilustração*: iStock
Revisão: Jó Saldanha

CIP-Brasil. Catalogação na publicação
Sindicato Nacional dos Editores de livros, RJ

M44n

Medeiros, Martha, 1961-
    Noite em claro noite adentro / Martha Medeiros. – 1. ed. – Porto Alegre [RS]: L&PM, 2021.
    144 p. ; 21 cm.

    ISBN 978-65-5666-207-7

    1. Poesia brasileira. 2. Novela brasileira. 3. Literatura brasileira. I. Título.

21-73596   CDD: 869
                         CDU: 821.134.3(81)

Camila Donis Hartmann - Bibliotecária - CRB-7/6472

© Martha Medeiros, 2021

Todos os direitos desta edição reservados a L&PM Editores
Rua Comendador Coruja, 314, loja 9 – Floresta – 90.220-180
Porto Alegre – RS – Brasil / Fone: 51.3225.5777

PEDIDOS & DEPTO. COMERCIAL: vendas@lpm.com.br
FALE CONOSCO: info@lpm.com.br
www.lpm.com.br

Impresso na Gráfica e Editora Pallotti, Santa Maria, RS, Brasil
Primavera de 2021

SUMÁRIO

Noite em claro	9

Noite adentro

Hesitação	85
Silêncio	86
Miragem	88
Fatal	89
Três	90
Reza	91
Restos	92
Laura	93
Julia	94
Feedback	96
Permanente	97
Medo	98
Blefe	99
Inclemente	100
Resistência	101

Salto	102
Tenaz	103
Variável	104
Incompleta	105
Raiar	106
Pesquisa	107
Ciclone	108
Blecaute	110
Spoiler	112
Estocolmo	113
Socialismo	114
Ressaca	115
Fiança	116
Maçã	117
Cio	118
Gazeta	119
Atmosfera	120
Oceânica	121

Ringue	122
Busca	123
Calabouço	124
Agenda	125
Trágica	126
Romagem	127
Transcurso	128
Ilha	131
Drenagem	132
Ciclo	133
Remorso	134
Biografia	135
Veneta	136
Altivez	137
Saideira	138
Adentro	139
Posse	140
Trava	141

Noite
em claro

1

Estava tudo silencioso e de repente o céu desabou. Na televisão disseram que esta chuva vai durar uma eternidade. Eu pensei em ler um livro, mas tive uma ideia melhor: vou *escrever* um livro. E só vou terminá-lo quando a chuva parar.

    Hoje é 12 de junho, dia dos namorados, e faz exatos 21 anos (12 invertido, coincidência) que eu transei pela primeira vez, numa noite de chuva também. Mas desta vez não há romantismo: estou sozinha com meu cálice de champanhe, o primeiro. Comi uma barra de chocolate só pra fingir que nada me importa, mas tudo me importa como nunca me importou nesta noite em que estou sozinha, tentando ficar bêbada, prestes a ser gorda, infernizada por recordações do passado e impaciente para inventar um futuro.

    Um livro. Escrever um livro. Mas sobre o quê? Talvez sobre o psicótico que anda me mandando e-mails. Sou jornalista. Comando um programa de entrevistas que vai ao ar diariamente às 22h num canal de tevê a cabo. Sou boa no que faço. Gosto do meu tipo. Sou uma bonita estranha, ou uma estranha feia, tenho um aspecto diferente, que não comove nem passa despercebido. E dizem que sou inteligente, e a burrice do mundo é tanta que deixo a modéstia de lado e concordo. Meus patrocinadores estão felizes com os picos razoáveis de audiência e um psicótico me escreve e me dá assunto.

 O nome dele é Eder. Já houve um jogador de futebol com este nome. Meses atrás, Eder mandou um e-mail elogiando meu trabalho e eu respondi agradecendo, porque tenho esta mania infame de fingir que sou boazinha. Me mandou um segundo e-mail e agradeci de novo, dizendo para mim mesma: última vez. Ele escreveu o terceiro e-mail e eu cumpri minha promessa de silêncio. Escreveu o quarto e-mail e pensei: ele vai desistir qualquer hora. O quinto e-mail foi da Marilia: dizia-se irmã de Eder e suplicava para que eu continuasse bem quieta, porque o irmão surtara. Estava em tratamento psiquiátrico intensivo. Entre outras maluquices, acreditava que eu estava apaixonada por ele. Quanta honra. Retornei o e-mail de Marilia desejando sorte para a saúde mental de Eder e que ela ficasse tranquila, já não andava respondendo mesmo, sou boazinha, mas não sou tonta. Dias depois, Eder escreve de novo: "Não tenho irmã. Marilia é minha mulher, ciumenta patológica, doente é ela, não lhe dê ouvidos". Uau, e ainda dizem que o cotidiano é monótono. Eder segue me escrevendo e-mails alucinados, provocantes, libidinosos, me dando a certeza de que Marilia, seja ela sua irmã ou esposa, está com total razão: é um perturbado. Doido. Mas me deu o primeiro capítulo de um livro que comecei nesta noite de chuva, sozinha, no dia dos namorados. E eu tenho um namorado.

Fazendo justiça: é mais que isso. Vivemos juntos, é meu marido. Que nesta noite chuvosa está trabalhando em outra cidade. Não muito longe, mas distante o suficiente para eu sentir preguiça de pegar o carro e ir a seu encontro. Gosto de ficar sozinha e não perco as raras oportunidades.

 Eu já disse que chove? Já. E já disse que neste 12 de junho faz 21 anos que transei pela primeira vez? Já disse. Então isso provavelmente tem alguma importância pra mim. Transei pela primeira vez na cidade em que meu marido está trabalhando nesta noite chuvosa. Coincidências. A esta altura do livro você sabe que acredito nelas, ao contrário daqueles que dizem que coincidência não existe. Claro que existe. Felicidade é que não existe.

 Eu transei pela primeira vez com um namorado, num quarto de fundos, numa noite fria como lâmina, sob uma chuva castigante, num estado de paixão que nunca mais eu conheceria. Transei tão a fim de dar que o cara se assustou. Mas gostou tanto que até hoje, 21 anos depois e completamente afastados, ele ainda me telefona de vez em quando pra dizer que segue desconcertado. Claro que é mentira, mas é claro que eu acredito.

    Há 21 anos eu era virgem, 21 anos e poucas horas atrás. Disse sim numa noite fria, num colchão imundo cuja palha escapava do forro e feria minhas costas. A partir dali, minha vida começou a funcionar, meu corpo começou a existir, passei a prestar atenção nas noites chuvosas, e desde lá tenho vontade de escrever um livro, que só estou começando agora.

Estou sozinha e chove uma chuva que parece definitiva. Enquanto ela não parar eu não paro de escrever. Meu livro vai durar a duração desta água despencando lá de cima.

A chuva diminuiu. Merda. Eu tenho apenas dois capítulos curtos e um terceiro capítulo com apenas três frases. Mas ela ainda não parou e eu tenho muita história pra contar neste dia dos namorados em que faz 21 anos que transei pela primeira vez e em que já nem lembro direito como é estar apaixonada.

Eu sou entrevistadora. Pelo meu programa já passaram pessoas que tentaram o suicídio, se masturbaram numa igreja, traíram seus parceiros, roubaram o tempo dos outros, mas nunca lhes perguntei sobre isso, mesmo sabendo que é o que meu público desejaria saber. Fiz e continuo a fazer as perguntas adequadas a um programa que vai ao ar às 22 horas, que é assistido por adultos esclarecidos e com algum verniz. Eu é que não vou atender aos devaneios secretos de meus espectadores e preparar armadilhas para meus entrevistados. Vou perguntar a eles o que eles desejam que eu pergunte, assim poderão me dar respostas sensatas e o mundo não ficará ainda mais vulgar com minha ajuda. Exibo toda a minha erudição e complacência. Erudita e complacente. É isso que finjo ser de segunda a sexta, às 22 horas, num programa de tevê a cabo.

    Hoje é quinta-feira. São 22h46. O programa é gravado. Eu estou dentro daquele eletrodoméstico pendurado na parede da sala, que sempre deixo desligado quando estou sozinha em casa. Não me dou audiência. Hoje sou uma mulher quase bêbada, quase gorda, ligeiramente ácida e de saco cheio do que foi ao ar até agora.

Já contei que estou tomando champanhe? É o que eu tomo às quintas-feiras, em casa. E às segundas, aos sábados, às quartas, às terças. Um luxo que me concedo por ter tido tão pouca coisa a comemorar na vida. Naquela noite em que transei pela primeira vez eu não bebi nada, estava sóbria como uma porta, a embriaguez foi de outra natureza.

Eu bebo todas as noites, mas não sou alcoólatra. Pra ser sincera, nunca tentei parar a fim de testar o tamanho da minha necessidade, mas nunca ouvi falar de alcoólatras que só bebem champanhe. Refinamentos não costumam ser chamados de doença.

A chuva não parou totalmente. Só está mais fraca. O livro começou vigoroso, mesmo sem assunto. Tem Eder, o psicótico, é dele que quero falar, mas agora que a chuva está fraca sou impelida a tratar de amenidades.

Estou sozinha nos 110 metros quadrados que tem este meu apartamento. Uma entrevistadora de tevê a cabo deveria morar num lugar maior, fotogênico, mas moro neste, que meu marido escolheu.

Meu marido é o cara que está naquela cidade em que transei pela primeira vez, e que não fica longe, mesmo tudo tendo acontecido 21 anos atrás.

    Meu marido deveria gostar de espaço, mas não. Ele nasceu apertado entre o amor de uma mãe neurótica e o desamor de um pai ausente. Pobre do meu marido, cresceu sem bicicleta e com um pai que se mandou cedo. Meu marido gosta de alcançar todas as peças em poucos segundos, faltou-lhe voltas e mais voltas no quarteirão sobre duas rodas, nossa primeira impressão de liberdade.

A chuva está tão fina e fraca... Não para, por favor, não para. Mal iniciei o livro.

Fui para meu marido mais que uma bicicleta, fui uma Harley, apresentei-o para uma vida rápida. Casamos em três meses, uma temeridade. Estamos juntos há 8 anos. Mais juntos do que muitos relacionamentos eternos, mas menos do que os 21 anos que me separam da minha primeira transa, que eu jurava ter esquecido.

Eu era uma falsa pura naquela época. Por pouco já não havia sido estuprada, e me divirto até hoje ao contar esta história para as amigas, que ficam excitadas com a aventura que quase me aconteceu. Foi em Santa Catarina, com um surfista, num barraco cheio de posters do Gerry Lopez, quem não sabe quem foi Gerry Lopez pode pesquisar no google.

Eu tinha 16 anos. O malandro havia alugado uma casa de pescador e eu, pensando que era malandra também, fui com ele. Beijos inocentes, no início. Incandescentes dois minutos depois. Dali a dez minutos eu estava deitada numa esteira, virgem, a ponto de deixar de ser à força. O cara era bem nutrido, e estava deitado sobre meu corpo, me imobilizando. Eu ainda não sabia o que seria quando crescesse, nem sonhava em ser entrevistadora, mas comecei a fazer perguntas íntimas para distraí-lo, e foi naquele momento que descobri o quanto as pessoas são vaidosas: ele relaxou e começou a respondê-las. O ego dele juntou-se a nós, éramos três. No meio de uma resposta, consegui fugir. Fugir de sair correndo mesmo.

Foi por um fio. Um hímen.

Quando perdi a virgindade, tempos depois, apaixonada e valente em cima daquele colchão fedido, me sentia tão experiente que fiz tudo o que não sabia, e deixei meu namorado intrigado até hoje. Ele ainda não consegue aceitar minha virgindade oferecida, não era possível que eu fosse tão desinibida. Mas eu já tinha quase sido estuprada, e isso me conferia uma charmosa desigualdade em relação a outras moças que ainda nada sabiam.

Ele me liga de vez em quando e meu marido nem sonha. Meu marido está naquela cidade em que perdi a virgindade 21 anos atrás, num colchão roto e com modos de quem tudo entendia. O responsável pela minha estreia na arte do prazer me liga e eu não respondo "eu também" quando ele diz que nunca me esqueceu, porque eu não confio muito em suas noções de amor, e ele não confiou nas minhas quando amor era tudo o que eu sentia.

Hoje meu sentimento é uma pedra. No dia dos namorados, é esta pedra que me habita, eu meio gorda, meio bêbada, e escutando a chuva lá fora que torço para que se intensifique, porque quero escrever um livro sobre nenhuma outra coisa que não seja chuva, quero escrever sobre o que molha, desintegra, sobre chuva e esse barulho que me fascina e me mantém desperta.

Sou uma mulher boa. Não no sentido de gostosa, apesar de gostosa também. Boa no sentido de responder e-mails de pessoas que não conheço, e boa no sentido de idiota, pois entro em barracos com gente que confio quando não deveria, e boa o suficiente para me inspirar com chuva, da qual nem gosto tanto assim. Pra ser sincera, tenho medo de dormir durante temporais. E como estou sozinha, meio aquilo tudo que já falei (gorda, bêbada), e a chuva voltou a cair com determinação, pra cama não vou, escreverei um livro hoje à noite, não deve ser difícil, todo mundo escreve livros.

Eder acaba de me mandar outro e-mail. Diz que está magoado por eu não ter lhe telefonado neste dia tão significativo para nós. Pirado. Demente. Acha mesmo que estou apaixonada por ele só porque em minha primeira resposta lhe disse "Obrigada pelo contato, um abraço". Parece que abri uma espécie de céu na vida dele, uma resposta tão formal lhe pareceu uma oportunidade.

Hoje é dia dos namorados.

Perdão, achei que você tinha esquecido.

Eder acredita que é uma data especial em nossas vidas. Eu imagino Eder com 20 anos, mas ele diz que é músico, então deve ter menos ainda. Imagino Eder com o cabelo nos olhos. Imagino Eder mordendo os lábios quando me escreve. Ficaria irremediavelmente magoada se Eder não existisse, se fosse apenas o nickname de alguém com tempo a perder comigo. Um amigo metido a engraçadinho. Essas coisas são fáceis de inventar na internet.

Você não pode imaginar como está chovendo agora. É como se começasse tudo outra vez. Um medo bom, é o que sinto, eu que estou sozinha, mas não me sinto só.

A emissora de tevê em que trabalho não está autorizada a fornecer meu endereço e telefone para ninguém. Reforcei esta ordem depois que Eder começou a enviar e-mails, e me senti segura, já que virtualmente ele não pode me tocar, mas Silvia disse – Silvia é minha secretária – que existem sites que fornecem todos os dados de uma pessoa, não importa se é jornalista ou se é vendedora de coco na praia. Isso significa que, se ele quisesse, poderia bater aqui na porta do edifício, e o porteiro interfonaria para meu apartamento perguntando se ele poderia subir, e eu responderia logicamente que não, mas correria para a sacada para tentar ver seu rosto, que não conheço. Ele pode ter qualquer rosto. Eu já posso ter visto esse rosto.

Compulsiva. Chove, escrevo meu primeiro livro, e de parágrafo em parágrafo interrompo o texto para checar os e-mails, mas não entra nada que me interesse, a não ser sugestões de pauta, várias. Todos querem ser entrevistados, desde bateristas desempregados até fabricantes de roupas à prova de bala. A proposta do meu programa é entrevistar gente comum, nada de artistas ou figurões, e sim desconhecidos que façam um trabalho anônimo, pessoas insossas, que falem de seus pequenos dramas e que inventem bastante quando não tiverem nada de estupendo pra contar. Eu sugo até a última gota desses infelizes. Se não são famosos, quero que fiquem. Quero saber quanto tempo levam no banho, se já roubaram chicletes no supermercado, se leem o jornal de trás para frente, se já sofreram alguma tentativa de estupro. Eu adoro sexo.

Eu a-do-ro sexo.

Transava bem e bastante com meu primeiro namorado, aquele do colchão, 21 anos atrás. Era como se eu tivesse nascido sabendo o que fazer, de que jeito, por quanto tempo, até doer, até rasgar. Enfiava-me entre as pernas dele como se fosse a fatia de alguma coisa, e assim nos sustentamos por dois anos. Depois dele vieram outros por quem não tive amor, apenas o desejo do gozo lento e que eu esticava, esticava, esticava tanto até quase arrebentar. Amar com o coração e o corpo, foi só daquela vez. Depois, amei apenas com o corpo. Nenhum homem me atraía, não sentia nenhuma paixão, ficou tudo de um vazio tão profundo que pensei não haver outro modo de levar os dias, e quase me casei com um cara que era apenas simpático.

 A chuva aumentou. Espero que não falte luz como faltou uma noite, oito anos atrás. Foi durante uma festa. Cheguei ao prédio, entrei no elevador e, assim que a cabine estacionou no sexto andar, eu saí e ouvi um estouro: tudo escureceu. Por pouco não havia ficado presa. Estanquei no hall. A porta do apartamento estava aberta, então comecei a entrar devagar, conduzida pelas vozes que ainda estavam excitadas com a repentina escuridão. Tateei paredes e avisei a todos e a ninguém – olá, cheguei. Ninguém via nem escutava nada.

Uma voz feminina: "Onde estão as velas?".

Uma voz masculina: "Nada de velas. Vamos ficar no escuro, aos poucos a gente acostuma e se enxerga".

Reclamações variadas:

"Deixei meu copo em algum lugar."

"Onde larguei minha bolsa?"

"Alguém viu minha namorada?"

"Olha a mão boba!"

"Tem gente trancada no banheiro."

"Caramba, não tem vela nesta casa?"

Alguém acendeu um isqueiro que logo apagou. A anfitriã não tinha velas, inacreditável, todo mundo tem velas decorativas em casa. Mais um isqueiro, e outro, mas logo os dedos começavam a queimar, o pessoal ria, a galinhagem corria solta. Eu não queria saber de nada, a não ser daquela voz que sugeriu ficarmos no escuro, "aos poucos a gente acostuma e se enxerga". Ele estava comodamente sentado, como um dono da casa não estaria. Parecia um general a dar ordens, mas com um jeito tão manso de falar que todos tratavam de lhe obedecer. Eu nunca tinha escutado aquela voz e fiquei excitada por estar me apaixonando por alguém que eu não enxergava. Fiquei tentando imaginá-lo fisicamente antes de a luz voltar. Na fantasia que rapidamente criei, ele era lindo, um pouco mais velho que a turma, alguém que não sorriria fácil, que beberia uísque e gostaria muito de mim.

Não me movi, recém havia chegado, não queria esbarrar em ninguém naquele apartamento em que eu entrava pela primeira vez, no escuro. Este prédio não tem gerador?, alguém perguntou. Um voluntário foi bater no apartamento do vizinho atrás de velas, mas não havia ninguém em casa. Gritinhos, pessoas falando não sabiam com quem, é você, Beth? É você, Fernando? Um barulho de cristal estilhaçado, puta merda, cuidado aí gente, não vão se machucar. Alguém desceu as escadas segurando uma caixa de fósforos, já venho, o zelador deve ter velas. Em meio a essa agitação, a luz voltou.

Não queria ter olhado tão rápido, mas olhei, dando bandeira da minha ansiedade. Ele era lindo, um pouco mais velho que a turma, não tinha o riso solto, estava com um copo de uísque nas mãos e sentado numa cadeira de rodas.

Daquele dia até o casamento foram três meses e uma eternidade em dúvidas. Só podia ser uma armadilha: o homem dos sonhos, paraplégico. Excitava-me com seu cérebro, um cérebro que era parente próximo do demônio, e com seu humor refinado, de uma sofisticação que não era besta. Atravessávamos as noites conversando e rindo, e ele me fazia gozar com as mãos e com a língua, mas eu a ele, impossível. Não havia o que fazer. Estava morto da cintura pra baixo. Desde a infância, desde o acidente. Uma criança sem bicicleta. Um homem virgem. Com o tempo, passei a ficar constrangida de receber, receber, receber. Ele era o fomentador do prazer, eu era a receptadora e a mártir. Passei a me sentir aleijada. Nossos beijos rarearam. Comecei a sonhar com o pau dele, que eu nunca havia visto duro. E com o pau de outros homens, que eu haveria de rever.

"Se você não responder este e-mail, eu vou buscar sua resposta pessoalmente, aí onde você está." Onde é que eu estou, Eder? Ainda é 12 de junho, chove uma torrente, estou embebida em meia garrafa de champanhe e economizando a outra metade para bebê-la na segunda parte da noite, durante a madrugada. Gostei da sua audácia, garoto. Da sua chantagem. Se eu não lhe responder, você virá até mim. Você sabe onde moro, Eder? Onde eu moro tem porteiro, câmeras, guaritas. Não é um prédio chique, mas qualquer espelunca hoje atrai a corja, é preciso se proteger. Eder, óbvio que não vou lhe responder. Não tenho medo de você. Não muito.

Eu adoro sexo.

Aquele cara que quase me estuprou caso eu não fugisse a tempo deve ter sentido um cheiro. Um cheiro sinalizador, um cheiro que o incentivou. Cheiro de mulher que vai gostar. Eu não sei se iria gostar de ser brutalizada, um coito violento. Eu não sei. Poderia? Poderia. Não sei. Acho que não.

A primeira vez que transei, descobri uma coisa

da qual nunca mais conseguiria renunciar. Fundir-se em outro corpo, parar de pensar por alguns instantes, desarmar-se inteira, esparramar-se, gemer, berrar, chorar, eu já chorei trepando, tal a pureza do ato. Chorei minha integridade toda, chorei porque sexo é líquido, umedece, encharca, lava, já chorei várias vezes a alegria de estar sendo uma cadela.

Quero correr como a chuva pelas paredes abaixo.

Fernando Pessoa escreveu essa frase numa saudação a Walt Whitman. Quero correr como a chuva pelas paredes abaixo. A cidade está inundada, amanhã os jornais não vão falar sobre outra coisa, contagem de desabrigados, quantos barracos rolaram com gente amontoada, ainda dormindo. É sempre noite nas tragédias. Estará chovendo naquela cidade onde meu marido está e onde já estive em outra vida? Foi em outra vida.

    Desliguei o celular assim que cheguei em casa. Cheguei em casa a que horas? Não lembro mais onde estive à tarde, de onde cheguei. Do estúdio! Claro. Eu vim direto do estúdio. Tenho fome. O telefone fixo está funcionando, mas não toca. Bendito, não toca. Não sei onde mais está chovendo. No litoral, no interior, no Estado inteiro. Bebi muito, não demais. Meu marido gosta de mim. Eu o encontrei no escuro. Se a luz, naquela festa, não voltasse, eu não teria resistido em tocar em seu rosto, decifrá-lo em braile, eu faço isso até hoje, eu experimento este homem, eu chupo seu nariz, eu lambo seus dedos, quero comer algo dele, preciso ser penetrada, e ele percebe minha vontade, minha fome, você quer mais, vá buscar, não vou, fico, sou uma tola, ele poderia ter sido só um amigo, eu não precisava ter me comprometido, mas a gente se apaixona pelo que é impossível em nós, eu acreditei na minha grandeza, amei a minha abnegação, uma cretina, o amor poderia ter sido vivido sem este aparato grotesco, ele sabia, ele não me poupou, quis ver até onde eu aguentaria, e já são 8 anos felizes e diabólicos, ele é tão superior a mim que talvez um dia me deixe, a paralítica sou eu, a insana da casa, ele se movimenta, eu fico, vá buscar o que você deseja, não vou, ele lança o desafio, vá buscar, não vou, uma guerra de nervos, discussões estúpidas, vá, eu não... Droga, a campainha.

Eder.

Estou sóbria, eu acho. Dormi um pouco. Não sei que horas são, está quase amanhecendo. Chove. Com bem menos intensidade, mas chove. Não parou um único instante. O livro precisa continuar sendo escrito. Foi o combinado.

Olho mágico. Não era Eder, e sim o filho de um vizinho. Não sou amiga dos vizinhos. Não sei seus nomes, profissões. Troco olás em elevadores, não ultrapasso o limite da convivência cordial. Olá. É o máximo de civilidade a que me dedico. Da janela, percebo o entra e sai dos moradores deste prédio que não é chique, mas é alto. Estamos aqui há 8 anos, desde que passamos a viver juntos. Aquele rapaz parado em frente à minha porta era, me lembro, um menino, hoje deve ter dezessete, talvez dezoito, nunca adivinho idades, todas as pessoas trazem o mesmo rosto melancólico de quem viveu tudo e não encontrou o que procurava. Aquele menino à espera também tinha o rosto melancólico. Alívio, não era o Eder. Contrariada, abri a porta.

Ele não disse nada. Alguém tinha que dizer alguma coisa, tomei a iniciativa. Olá. Máximo de civilidade. Ele sorriu. Sem nenhum constrangimento, sorriu como alguém que conseguiu encurralar sua presa. Eu poderia ter escapado, mas ainda não sabia que estava sendo perseguida, e nem sabia se isso me assustava. Eu avisei que viria buscar sua resposta, ele disse.

Não precisou passar pelo porteiro, pelas câmeras, pela guarita. Já estava dentro. Há anos. Dois lances de escada à distância. Já havia cruzado comigo na garagem. Já havia me visto sair para caminhar no sábado de manhã. Já havia subido comigo pelo elevador. Sentido o cheiro de mulher que vai gostar. Eu não fechei a porta. Eu não o convidei para entrar. Mas ele entrou.

O que se faz num momento desses? Oferece-se água para o invasor? Aciona-se o alarme de incêndio? Comunica-se o porteiro que o filho do vizinho está dentro da sala? O garoto sabia quase tudo de mim. Sabia que eu estava sozinha. Sabia que era dia dos namorados. Na verdade, não era mais. Foi ontem. Já estávamos em 13 de junho. Duas e vinte da manhã. Me diga, afinal, quem é Marilia?

Nem um pio.

Psicótico. Inventou uma irmã, uma esposa. Foi, ele próprio, autor e personagem da própria história. Eu, naquele instante, não sabia que papel assumir. Ele não era bonito. Nem feio. Era perturbador. O que você quer?

Um homem em pé. Ereto. Um homem capaz de me abraçar e manter minha cabeça alinhada à dele, na posição para o bote, para o curto-circuito do primeiro beijo, o beijo que abre as comportas, as pernas, o depois. Eu estava diante de um homem que não estava à minha altura, mas que media o meu tamanho. Tive a impressão de que o canto da minha boca sorria diante do desespero, não tinha controle sobre meus espasmos, tremia. Coloquei a mão em seu peito, não se aproxime, sabendo que ele não obedeceria, torcendo para que não obedecesse.

– Vá embora, garoto.

    – Como assim?

    – Você já se divertiu bastante.

– Você ainda não.

São quase sete horas. Chove fraco. A garrafa de champanhe vazia deixou uma marca circular na mesa de madeira onde está meu computador. A garrafa suou. A mancha só vai sair com óleo de peroba. Tudo é líquido nesta noite. Que noite? Não é mais noite. E Eder já foi.

Eu não adivinho idades. Mas tenho muito mais do que aquele menino. Muito menos do que aquele menino. Não faz diferença. Eu queria. Eu torcia para que acontecesse. Tinha que ser daquele jeito. Sem eu buscar nada. Apenas esperando. Assim a responsabilidade seria repartida. 50% na minha conta, por não ter reagido.

Eu me diverti.

Ele usou boca, língua, dedos, pau. Falou muito pouco. Iniciamos na sala. Fomos para o quarto. Eu gozei algumas vezes, ele gozou também. E não paramos. Chovia a cântaros. Ninguém telefonou. Não colocamos música. Eu não fugi.

Uma hora atrás ele ainda estava aqui. E me queria. Me lambeu um pouco mais na nuca. Quis que eu gozasse novamente em sua boca. Eu disse chega. Mas não chegava. Você sabe que não haverá outra vez, não sabe, Eder? Sabia. Por isso, não chegava. Mais uma vez. Ele tinha o sono no rosto e não parava. Não era sua estreia, nem a minha. Não havia um colchão com a palha perfurando o forro e me machucando as costas. Eu não sabia se algum pedaço do meu corpo ainda me pertencia. O que era meu, o que era dele? Por favor, agora vá. Adormeci onde estava, sem saber onde estava.

Não precisava ter sido assim. Eu tenho vários colegas bonitos na tevê. Poderia ter sido com um deles. Poderia ter sido com um conhecido. Eu poderia ter me apaixonado. Eu poderia ter feito escolhas. Eu poderia não ter feito nada.

Merda de mancha na mesa, eu deveria ter levado a garrafa de volta para a cozinha. Não tenho mais vontade de escrever, mas chove ainda. A cidade já acordou. Preciso ler os jornais. Preciso tomar um banho. Ligar meu celular. Marquei hora para cortar o cabelo às 11h. Preciso falar com Silvia, saber quem serão os entrevistados de hoje. Minhas unhas estão uma droga. O presunto apodreceu na geladeira.

Eu tinha esquecido como o sexo me fazia falta. Sexo, não. O corpo. O movimento. O estar em pé, agachado, de quatro, de lado. A igualdade de condições. A crueza. A sujeira. O cansaço. A falta de sentido. Sexo é supervalorizado, mas é do que homem gosta, mulher gosta. Meu marido vai voltar hoje e ficarei feliz de tê-lo por perto, é o general, o homem que dá as ordens, o que faz tudo acontecer. Riso, conversa, beijo, silêncio. Foi pela voz dele que me apaixonei primeiro. Eu não preciso do corpo, tenho a boca dele.

Eder não escreveu. Nem escreverá. Dorme, exausto.

"Obrigada pelo contato."
　　Que ironia.

E no final das contas é tudo escuro, é sempre noite, e quase tudo é bobagem. A gente fica sozinho, bebe demais, lembra demais, pensa demais, bate em portas estranhas, há uma festa, a festa termina, não há final feliz ou infeliz, não há final, o dia amanhece, a chuva para, se aconteceu alguma coisa ou nada aconteceu, não faz diferença. Aos poucos a gente acostuma e se enxerga.

2

Estava na cara, qualquer um adivinharia. Depois de uma tarde abafada em pleno início de agosto, o toró era inevitável. A ventania veio rápido. Deu tempo apenas de fechar as janelas e recolher as almofadas da sacada. O primeiro trovão foi a senha: é hora de escrever a segunda parte, meu "era uma vez" de novo. Sozinha em casa, com uma garrafa de champanhe gelado e 12 anos depois, ainda estou aqui.

Começou. Pingos grossos. Espaçados. Um, dois, sete, treze. Agora sim, todos juntos. Barulheira infernal. Todos os dias o infernal se apresenta de um modo.

Hoje o meu inferno chama-se falta de paciência. Não consigo controlar a frustração da espera. Busquei meu namorado no aeroporto duas horas atrás, estava sem vê-lo há três semanas, e em poucos minutos ele já não estava mais comigo, e sim na estrada, viajando novamente. Foi o tempo cronometrado para um beijo, um "tudo bem?", outro beijo e o invariável "daqui a uns dias estou de volta". Ele não sossega.

Um jogador de futebol. Nem em minhas fantasias mais ordinárias eu poderia imaginar que me envolveria com um jogador de futebol. Que nem craque é, segunda divisão, ilustre ninguém. Tudo porque, certa vez, ele me deu uma entrevista fraca, mas uma boa noite de cama. E cá estamos. Nossa rotina é a distância, eu não consigo me mover, ele não consegue ficar onde está. Sentimos saudades durante as ausências, mas não falamos sobre isso. Não falamos sobre coisa alguma, nunca. É meio desmoralizante transarmos tão bem sem ter nada a dizer um ao outro.

Ficar uma semana sem sexo é um contratempo. Ficar três semanas sem sexo é uma calamidade. Como as coisas mudaram.

Ainda sou entrevistadora, mas não a mesma, fim de prestígio. Meu programa agora vai ao ar no primeiro sábado do mês, um único sábado, no começo da tarde, quando as famílias ainda estão almoçando. Fiz preenchimento no rosto e uma plástica no pescoço, acreditei que bastasse, mas continuo a não ter a idade que já tive um dia. Pareço ter mais de 50 anos. Tenho mais de 50 anos.

Meu namorado tem 36 e parece ter 32. Como viaja muito, não vejo o tempo dele passar, apenas o meu.

Roger se matou há sete anos.

Encontrei a cadeira de rodas encostada à janela do quarto. Uma cena hitchcockiana e muito óbvia para ser verdade. A cortina de *voil* balançava serenamente, os vidros estavam abertos, e ele não poderia estar longe, mas estava. Quando espiei para baixo, vi que o corpo dele havia estacionado na vaga do vizinho. Bateram a campainha insistentemente e eu continuei sentada na beira da cama, sem saber se estava surpresa, triste ou morta também.

Roger e eu ficamos casados tempo mais que suficiente para entender que não éramos um casal, e sim um desafio um para o outro. Ele queria descobrir até onde eu suportaria viver com uma atividade sexual restrita, e eu queria saber até onde um homem com seu nível intelectual suportaria uma mulher infeliz. Mulheres infelizes costumam ter uma vida interessante.

Não havia contado ainda? O nome dele era Roger.

Não importava o tempo que nos manteríamos juntos, já estava decidido: iria terminar como tudo termina. Bastaria esperar o primeiro a tomar a iniciativa, a pedir clemência, a chamar um advogado, a dividir os bens, mas ele optou por voar pela janela, já que não poderia correr, que é o que qualquer homem ou mulher deseja depois de suportar um casamento lesado. Em nossas relações sexuais incompletas, ele pedia: me chame de aleijado. Consegui chamá-lo assim apenas uma vez e depois chorei e adormeci, exausta pela violência verbal. Roger jamais foi aleijado. Tinha um cérebro veloz.

Amor é uma palavra bela, mas inalcançável. Amor é um Himalaia, um Aconcágua. Bom de sonhar quando se está estendida numa rede, roteirizando cenas que nunca serão vividas. Mas prefiro sexo.

Entre mim e Carlos – o centroavante que vive na estrada – é 98% sexo e o resto não lembro. Desde o primeiro dia em que o vi no replay de um jogo, batendo um pênalti, com seu rosto viril em close, suado, senti um desejo que tinha tudo para ser infecundo, até que, já viúva de Roger e amargando um caso bissexto com um uruguaio que não me propiciava nenhum vestígio de emoção, Carlos foi pautado pela minha produção e apareceu no estúdio disposto a me contar detalhes da sua história – mas só depois que as câmeras fossem desligadas.

Não cumpriu a promessa, manteve-se calado. Já eu.

Foi o maior striptease da minha vida. Não tirei luvas, meias, sutiãs. Tirei minha alma pra fora.

Eu olhava para ele e pensava: não pode ser que seja meu. Era homem demais para mim. Inclusive nos defeitos, demais. Na antipatia, no acanhamento, na mudez: demais. Eu tentava fazê-lo contar alguma coisa da sua vida, flashes da infância, extrair dele um pensamento, uma opinião, um segredo, mas ele não me entregava nada além do seu mistério.

Primeiro casei com um filósofo que não podia me comer, agora vivo com esse homem que me come sem que a gente converse e analise corajosamente o que está acontecendo. No início, eu pensava: entre um e outro, escolho o futuro. Algo que está por vir. Enquanto o futuro não vem, me divirto com esse acidente de percurso.

Foi a minha queda, a minha granada: achar que estava apenas me divertindo.

Carlos me engravidou quando comemorávamos nosso segundo ano juntos. Eu com mais de 40 anos, sem nunca ter tido um filho. O sonho dele. O Aconcágua dele, mais do que o amor. Um filho. Um filho homem, como logo descobrimos pelo ultrassom. Um filho que eu não queria, não podia, não teria. Mas não tê-lo, seria como praticar dois abortos simultâneos: o do feto e o de Carlos. O homem pelo qual me viciei. Decidi levar a gravidez adiante e aos cinco meses de gestação abortei de forma espontânea e tardia. Aos cinco meses, eu disse para aquela barriga que não, e ela me escutou. Carlos nunca perdoou os pensamentos que ele intuiu que eu tive, e tive mesmo.

Ele me puniu primeiro com sua raiva.

Depois com sua ausência.

Me abandonou só cinco meses depois. Gestou cinco meses a sua indiferença por mim, cinco meses de infidelidades que ele não disfarçava, escancarava, cinco meses me humilhando, os mesmos cinco meses que foi o tempo em que gestei seu filho e o perdi. Perdi ambos. Primeiro o filho, depois o pai.

Eu gostava dele. Acho que gostava. Quando ele saiu pela porta da sala sem levar nada que era dele, sem olhar para mim enquanto esperava o elevador, sem me dar um beijo de despedida, sem articular uma única palavra que amenizasse o drama, eu pensei: não vai ser tão sofrido. Vou aguentar. O elevador chegou, ele entrou, apertou no botão que o levaria ao térreo, seguiu olhando para o chão, sem me encarar, e a porta automática então fechou. Enquanto o elevador descia, eu me mantive cristalizada no hall de entrada do meu andar, pensando: ele foi embora para sempre. Em estado de choque, sem derramar uma única lágrima. O homem que eu achava que gostava, mas não: era um sentimento bem mais ambíguo e doloroso que gostar.

Depois de meio ano sem nos vermos, meio ano em que eu me tranquei em cadeados, em que não desviei do itinerário casa-estúdio-casa, em que li dezenas de livros sem prestar atenção em nenhum, em que fiquei inchada de tanto vinho, travesseiro e ansiolíticos, em que fiquei sem ação diante de um entrevistado, um ex-presidiário inocente que ficou preso 14 anos, o cara ficou 14 anos preso sem jamais ter falsificado uma assinatura, sem jamais ter torturado um gato, sem jamais ter mentido para a mulher, um pai de família 14 anos preso por um erro judicial, e eu ali, na sua frente, sem saber o que perguntar, sem entender a troco de que tanto interesse, qual era a novidade em um injustiçado ficar trancafiado numa cela, não é o que somos todos, inocentes condenados à solidão? Depois desse fiasco televisivo, depois de ter meu programa diário rebaixado a semanal, depois de ter me instalado confortavelmente nesse estado catatônico sem reagir a mais nenhum estímulo, Carlos reaparece com a chave do meu cativeiro.

Segue chovendo dramaticamente.

Não era mais paixão, nem necessidade, nem costume, era apenas um homem e uma mulher que feito dois vira-latas reconheciam o cheiro um do outro e sabiam o que deveriam fazer – e faziam – sem precisar sorrir, conversar, trocar ideias, sair para jantar, essas preliminares que introduzem todas as relações decentes. Ele esqueceu que eu havia expulsado seu filho do meu corpo, eu esqueci que ele havia expulsado a si próprio da minha vida. Todas as humilhações foram confinadas num silêncio conivente, e a ruptura que tanto nos doeu foi deletada, apagada, como se tivesse sido um erro de gravação, como se o diretor interrompesse a nossa dor e ordenasse: vamos recomeçar daquela parte em que você pergunta a ele "então, Carlos, quais seus planos agora que está encerrando a carreira?".

Foi como se ele tivesse descido pelo elevador até o térreo, no dia em que me deixou, e subitamente lembrasse de algo que havia esquecido no apartamento. Nem chegou a sair do prédio. Eu nem cheguei a fechar a porta.

Estou meio bêbada, o champanhe é na verdade um prosecco de qualidade duvidosa e só agora me dei conta de que não jantei. São duas da manhã e Carlos, depois de ter retornado de um tour pela América Central, me deu um beijo no aeroporto e foi direto para uma cidade do interior a 460km de onde moramos, o que é rotineiro em sua nova função como técnico de equipe. Sei que, mesmo não possuindo mais o apelo libidinoso que todo jogador desperta em meninas com preguiça de estudar, ele ainda tem porte e sabe como se entreter depois que manda os pernas de pau do seu time se recolherem a seus quartos. No dele, não sei quem entra, mas todas elas saem antes de amanhecer, e isso é mais do que posso desejar, ainda que eu reconheça a torpeza da minha inércia. Não visto a camisa do time que ele treina, nunca me emocionei com esportes, a torcida é apenas para que ele não me deixe, o cansaço venceu. Não tenho mais fantasias, minha ilusão diluiu-se, liquefez-se. Não me inquieta o fato de não ter sido feliz, me basta ter sido ardente. Sempre estive disposta a dar de comer à minha fêmea, a mulher esfomeada que desde menina salivava dentro da boca, a mocinha de má conduta que ninguém percebia, e tão bem eu fingia recato que só aos que me souberam farejar entreguei minha porção anárquica e insolente que tão bem camuflava. Mereceram. Os de bom nariz.

    Posso não ser chique, mas cheguei o mais perto que pude do prazer descarado – nem foi preciso ceder a perversões. Fui obscena quando quis, e isso pode ser tão casto quanto uma oração. Hoje sou comida de vez em quando, o que, se não é sublime, é mais do que se espera de uma mulher que ama e é amada não seguindo as orientações da sociedade, mas que ama e é amada graças aos restos, os mesmos restos que poucos admitem juntar do chão quando ninguém está olhando.

Revi Eder mais duas ou três vezes no prédio em que morávamos, nunca nos cumprimentamos. Certa vez estava com Roger no elevador, Eder entrou, olhou sem querer para meu marido, aquele olhar de quem está proibido de olhar mas não resiste, o rabo de olho acidental. Em um frame de segundo trocaram aquele olhar que me pareceu estranhamente amistoso, como se o segredo fosse deles, e não meu. Durou um nada, mas um nada escandaloso. "Vá buscar o que você deseja, não vou!" Eu, a paralítica da casa. Ele, o cabeça do casal.

A chuva diminuiu bastante. O abajur aceso ao lado do meu computador, bem junto ao vidro da janela, permite que eu assista alguns fios d'água caírem retos e iluminados. Dá para enxergar o espaçamento entre os pingos, como se fosse uma cortina de contas. Está amanhecendo. Está terminando. A vida me deu o que eu quis, mas ainda não me ofertou outro final.

A garrafa está seca. Um fim de chuva muito rápido. Silêncio. Os poucos pingos que despencam isolados não caem mais do céu, e sim da calha, os últimos. Três. Dois. Um.

Noite
adentro

HESITAÇÃO

levei oito meses para interpretar teu olhar
quando o compreendi, já não me enxergavas

foram sete semanas pensando se deveria investir
quando decidi, já não havia ninguém me esperando

escrevi quase duzentas páginas sobre nós dois
quando mais valeria ter telefonado

enquanto eu pensava em como iniciar nossa história
você já estava do lado de fora

eu confio demais no tempo
tudo pra mim demora

SILÊNCIO

o que eu lembro de nós, e teria tanto para lembrar
são apenas as mãos entrelaçadas naquela tarde
em uma mesa de calçada, era um bar
e nada mais havia para conversar

tentamos dizer as últimas palavras
dar um epílogo decente ao nosso amor
mas nenhum sentimento era soletrável
parecíamos dois gagos rumo à desistência

então tuas mãos pegaram as minhas
teus dedos brincaram com meu anel
e nem era um anel dado por ti
jamais perguntaste sobre meu passado

meus dedos encaixaram-se entre os teus
e as pontas dos polegares roçaram-se
os chopes esquentaram, o silêncio tomou posse da mesa
nossas mãos de uma ternura

que supúnhamos incapazes diante do final, mas elas resistiram
não envelheceram
te amo com as mãos até hoje, te escrevo
agora escreva pra mim, com as tuas

MIRAGEM

segue invisível aos teus olhos a minha descompostura
entras em minha casa e enxergas o todo que se mantém decorado
um sofá, duas poltronas e uma mesa de centro apoiando finuras

tudo fotografável, em cada canto um estilo apurado
no entanto, em meu epicentro nada se mantém à tua altura
por fora, mansão de embaixatriz, internamente tudo desarrumado

FATAL

meu caro estranho, nossa estranheza nos levou à cama
e seguimos nos desconhecendo
não perguntei de onde vieram tuas cicatrizes
e não me perguntaste se eu já havia usado o cabelo mais curto
simplesmente nos beijamos e dispensamos todos os porquês
fui uma mulher qualquer e fostes mais um homem
e se esse descompromisso não merece ser chamado de amor
ainda assim não carece ser refutado e esquecido

meu caro estranho,
mesmo nos amores não há muito além disso

TRÊS

tenha sede de mim
e fome
me abata e coma

três em um:
gourmet, peão
e homem

REZA

caroço no peito
mancha no braço
tosse constante
sangue na urina
mãos que tremem
cérebro que falha
vista embaçada
pernas que fraquejam

Senhor!

dispenso o elenco que estilhaça por dentro
e que aos poucos abrevia a vida

mande logo uma bala perdida

RESTOS

você não contribui mais com palavra, gesto, carícia, risada
você não compensa mais nem ser lembrado e eu não me
[conformo
ou te avaliei errado, ou o que havia de certo não me pertencia,
[duas vidas raspadas

não há borra no fundo, nem sobra de nada, e não me transformo
sigo sendo uma mulher que pensa como menina
que acredita que há amores fadados ao não esquecimento e
[fotos a serem guardadas

droga, eu ainda me importo

LAURA

não há fotografia que registre este teu olhar feliz, este teu
[jeitinho de mexer com o nariz
não há registro que imortalize este teu humor incomum
esta tua meiguice que dá a volta ao mundo e não termina
não há menina que te valha, não há menina de sete anos que
[se compare
não há outra criança que me deixe assim muda, perplexa,
[como é que te fiz?
não há uma mãe mais aprendiz nem mais sortuda

JULIA

foi te botarem no meu colo, primeiros segundos de vida,
[e teu olhar exigiu respeito
logo vi que ali havia uma brava, uma mulher que percorreria
[o trajeto inteiro
e você, ainda no início deste caminho, está honrando sua sina
você que é a menina mais adulta que conheço, e a mais sensível
você por quem temo que vá sofrer pelas mesquinharias dos
[outros
pois neste mundo o que mais tem é gente que não detecta
[raridades
você vai ter que lutar, nasceu fácil demais, irão te cobrar as
[bênçãos doadas no parto
tua força, tua inteireza, ah, não vão te perdoar tanta majestade,
[por isso te velo à noite
enquanto em teu sono você se prepara, e eu me preparo junto
para a imensidão que te aguarda, e que não irão te tirar
porque tua mãe é porteira, fiscal, guarda noturno e fã

tua grandeza irá caber toda em tua vida, e sobrará para mais
para a parte da surpresa que ninguém pode prever – mas que eu sim
porque fui a primeira a ler os teus olhos e a entender de que
[espécie se tratava teu ser

FEEDBACK

olho e enxergo o que você sente, mas você responde com a boca: não
sua boca diz não, mas quando não diz nada, me beija: sim
depois do beijo olho de novo em seus olhos e vejo: sim
você retira a mão do meu rosto e pede perdão: não
e me beija de novo como se suplicasse em silêncio: sim
te abraço então, e teu corpo enrijece: não
tua boca se fecha pro beijo e se abre pra voz, de novo: não
eu não sinto este não e você repete mecanicamente: não
eu vou embora e sei que sim, sei que sim
você pede que eu volte e nessas idas e vindas o amor enfraquece: fim

PERMANENTE

chorei como choram as mulheres loucas que se sabem sábias
e as sábias que se sabem fracas, que nunca serão mulheres livres
[no amor
o amor é de uma precariedade, nos arranca da gente mesmo, o
[vírus fica isolado
mas sabe onde a gente mora e sempre volta ao local do assalto

MEDO

que valentia é essa de que me vanglorio? a valentia de atravessar
[a rua
mas é da covardia de não me enfrentar que me alimento e
[sangro todo dia

apontassem uma arma para o meio da minha testa, urinaria
[minha coragem
que eu sou valente é para a molecagem e não para o que presta

BLEFE

minha vida é linda, cumpriu-se a profecia da infância
tenho a sorte do amor e da harmonia que se reúnem em minha casa
onde se ri mais do que se chora, onde a comida é mais farta que pouca
onde a vista permite uma leitura do céu em noites estreladas
e nem sou feia com exagero; meu cheiro, confundem com perfume
o dinheiro não sobra nem falta, os médicos pouco encontram o
                                                    [que fazer
nesta saúde divina que, lá fora, recebe o nome de felicidade

mas aqui dentro chamo de loucura e prisão essa abençoada sorte
de estar semimorta

INCLEMENTE

quantas histórias que eu não escrevi por recato
da vez em que quase fui estuprada, mas ele escapou antes
da vez em que chorei dentro do ônibus com um cachorro-quente
[esfriando nas mãos
não havia jantar em casa, estava sem dinheiro e tive pena de mim
o cobrador também, mas cobrou a passagem mesmo assim

RESISTÊNCIA

eu não quero um poodle branco para arrastar pela calçada
quanta mediocridade há no ser humano condenado a passeios
bom é trancafiar-se em si mesmo e a suprema viagem é espiar
                                                    [pela janela
dá uma trabalheira essa história de vestir a roupa certa
de ter que sorrir de comentários sem graça e para tudo pagar um preço
a vida exige umas coisas bestas, excessos de dever e tarefa
é coisa para a garotada essa tal mania de matar o tempo
o tempo que me mate em casa, mas vai ter que subir, não desço

SALTO

um, dois e...
quando me dou conta, já fui, me joguei
antes de contar até três disse o que não era para ser dito
fiz coisas que não era para ter feito
me arrebento rápido, nem dói de tão ligeiro
mentira, dói de qualquer jeito

TENAZ

para me salvar desta atrofia cardíaca
(parece que nunca mais meu coração
voltará a bater compassado)
me recomendam um novo amor

parece tão simples
"arranje outro namorado"
como se bastasse uma substituição
amar seja quem for

então outro homem frequenta meu corpo
diz coisas diferentes
me faz rir amarelado
e me concede uma certeza:

um novo amor
só confirma a força do anterior

VARIÁVEL

entre o amar e o gostar não há a afinidade prometida
amar pode incluir o não gostar
e o gostar pode excluir o amor

te amei sem gostar nada de ti
e gostei de muitas coisas que odiava

se era para ficar louca
dava

INCOMPLETA

poderia ter te amado para sempre se
poderia ter aceitado tuas desculpas se em contrapartida
poderia ter sido tua do jeito que querias se
poderia ter durado a vida inteira se tua partida não tivesse me

RAIAR

saí da cama trôpega, sem saber se estava acordada de fato
tropecei na sandália virada e pisei no rabo do gato
bati fortemente com o ombro na porta entreaberta do quarto
voltei para a cama desfeita, o dia estava perdido em três atos

PESQUISA

como saber se é amor o que a gente sente? me perguntam
os que me imaginam duende, vidente, cartomante

eu respondo com outra pergunta: dói?
dói bastante, respondem
bem, pode ser amor ou dor de dente

e se dizem: não dói, mas temo que doa
aí é amor ou gravidez, o parto assusta a gestante

e se dizem: nunca doeu
então não é amor suficiente, respondo eu

CICLONE

veio você quando eu aguardava um homem definido
você e suas palavras que traduziam meu eu invertido
veio você bonito e ainda não pressentido
com uma camisa azul combinando com o mar infinito
veio você e o discurso de um mundo fingido
você que não poderia ser assim tão bem urdido
com óculos escuros vedando os olhos furtivos
logo vi que você não me via
que seria apenas um homem que se prestaria
veio você para me deixar confundida
você que parecia tão parecido

a mim mesma quando entregue aos meus delírios
veio você, com a boca que escondia um abrigo
com o corpo que era um extermínio
assassinada pelo seu moto-contínuo
veio você com o protótipo do amor bandido
e eu renunciada ao que se anunciava um desperdício
veio você e o meu precipício
veio o início e o final contíguo
contigo veio o suplício
e o silêncio do que ainda levo comigo

BLECAUTE

às vezes a noite cai no meio do meu dia
escuto tua voz arremessada pelo vazio
e desabo por sete segundos escuros

gasto o tempo com uma amiga em um bistrô qualquer
há flores nos vasos, almoçamos ao som de jazz
e então lembro que não te vejo há dois meses

às vezes a noite cai no meio do meu dia
a dor vem e me agarra pelo braço
me puxa para a estrada e até me alegro

mas logo vem a parte em que acordo e sinto frio
nunca mais me encontrarás se eu fugir em linha reta
então eu volto de viés ao meu estado mais puro

às vezes a noite cai no meio do meu dia
não tenho roupa para vestir meu luto
o armário está repleto de vestidos azuis, amarelos, florais

sou dinâmica e forte segundo meu mapa astral, solar
mas sem te amar, a queda é sempre pontual:
a noite cai no meio do meu dia

SPOILER

eu disse que viria
retira, pois, do rosto, esse ar de assombro debochado
os amores verdadeiros estão sempre preparados

ESTOCOLMO

amor é essa coisa delirante
que formata o caos de cada um
o que mais gostei de ti foram tuas ofensas
as acusações inverídicas que escondiam dentro delas
um princípio de verdade a que nunca me atrevi
serei mesmo esse demônio que você anteviu?

amei, mais que teu cheiro, o teu faro

um homem que enxerga o veneno escorrendo por baixo do
                                                            [meu vestido
um homem que me odeia apaixonadamente
que teme a minha potência destruidora – e você nem sabia
que eu era uma mulher tão ruim assim

todos me consideravam uma princesa, uma lady, uma diva
só você enxergou em mim a hórrida, a diaba, a macabra

me diz como não virar escrava
de um sábio

SOCIALISMO

a parturiente dar o peito
ao filho da vizinha de leito
que ficou sem leite

RESSACA

valeram o céu e o inferno unidos numa vingança bíblica
valeram os olhares rígidos e as palavras tétricas
valeram os enjoos épicos, as dores gástricas
valeram os adjetivos fortes, as proparoxítonas
valeram os cafajestes fétidos e as ilusões míticas
valeram os cínicos, as anoréxicas e demais parceiros
de um sábado de vômitos doces e descobertas caras

FIANÇA

depois de tantos acertos, veio a perplexidade
súbita
me fizeste enxergar através do breu

estavam todos ali
os vultos, as sombras, o silêncio
mais nenhuma certeza inteira

meu coração anoiteceu, mas ainda mantém uma vela acesa

MAÇÃ

estava preparada e não estava, todo amor chega sem avisar
não sabia que tua alma era ao mesmo tempo saciada e faminta
eu não acreditava em Deus e passei a ter fé
era fatalista e passei a acreditar no infinito
os pés levitaram do chão e me entreguei ao sobrenatural
ah, o amor e seus passes de mágica
até que caí
maldita gravidade da vida real

CIO

a melancolia é tão bela
não a procuro, tampouco desvio
quando ela passa em frente à minha janela
dou uma piscadela e assobio

GAZETA

na hora exata em que se nasce, começa o aprendizado da vida
mas até ficar craque na matéria, demora

a pressa em entender o mundo me tornou autodidata
que com o tempo se aprimora

mas nem tudo se aprende, vez que outra se decora
e tem sempre uma aula importante que a gente mata

ATMOSFERA

não apresento muitas variações climáticas
seca, chuvosa, nublada, fria, gelada, solar

ao contrário, sou um caso raro de constância
comigo o meteorologista tem muita chance de acertar

OCEÂNICA

(*para Luiza Estima*)

versos descalços, palavras ao ar livre e rimas azuis
quando tudo parece cintilante demais, coloco um pouco de areia
e se sugiro inocência infantil, meto um mistério entre uma
[onda e outra

minha alma desnuda habita um chalé de veraneio
construo pequenos castelos que eu mesma desmancho
sou uma mulher adulta que sabe brincar na praia

RINGUE

ele estava preparado, o cérebro – havia treinado mais
o coração, acima do peso, movia-se com lentidão
o cérebro batia e o coração apanhava, não reagia
no máximo, alguns reflexos condicionados e golpes de sorte

(essas marcas no meu rosto são resultado de que pancadas?
qual o corte que nunca fechou?)

o coração já não aguentava e o cérebro mantinha o porte
mas era ele o covarde, ele que nunca falou a verdade
desviou de todos os socos e simulou defesa e ataque
contra um coração que só se descobriu forte depois que o gongo soou

BUSCA

me dá um gole desse teu tormento abissal
preciso me embriagar de uma dor que desça grudando na faringe
provar dessa náusea viscosa dos errantes
ser existencialmente mais fatal

minha única transgressão
é pedir uma coca normal

CALABOUÇO

você ainda não admitiu sua indiferença
não se recusou a fazer parte de uma dança
em que tropeça quase sempre
você não confessou que preferiria estar
a milhares de quilômetros de distância
você ainda é parte do sistema
não soltou a mão do destino para abraçar outras vivências
ainda não ousou fazer a autópsia
da sua dependência
não se rebelou contra as rotinas
não soltou a voz encarcerada na garganta
nem rompeu em definitivo com a constância
você ainda está no esquema e não se enfrenta
a decadência bate à porta e se apresenta

AGENDA

é preciso engravidar
é preciso viajar
é preciso ganhar dinheiro
e só então morrer em paz

ah, maldito rosário de metas
cobranças acumuladas a cada aniversário

a maioria de nós não cumpre a sua missão
nasceu no lado azarão
onde não se faz planejamento nem listas

já a sina de quem se realiza nas datas previstas
é ter que continuar vivendo além do necessário

TRÁGICA

faltam 20 minutos para eu morrer
e não amo ninguém
(depois de ter amado tanto e loucamente
tantos que se perderam no passar dos meus encantos)

faltam 15 minutos para eu virar lembrança
e não amo quase ninguém
(depois de embaraços e abraços apertados
finalmente restarei larga, frouxa e vazia)

faltam 5 minutos para eu dizer adeus
e começo a amar quem esteve comigo por menos de um segundo
(aos que atravessaram horas, meses e anos ao meu lado
dedico meu último suspiro e agradecimento)

depois que trocarem os lençóis e socarem o travesseiro
serei apenas vento e nostalgia
(restará vaga noção de que por aqui estive
e falar de amor não terá mais cabimento)

ROMAGEM

abro a porta para a noite
e adentro

fiz de conta por muito tempo
que entendia

quando não entendia
ia ao cinema

anotei palavras
e as unia

era isso ou o silêncio
minha algema

dentro do peito
acorrentada

não clareava
e eu partia

disfarcei com mochilagem
o medo, essa viagem extrema

TRANSCURSO

começou quando eu nasci, como tudo começa
criança em fase de crescimento
pai, mãe, escola, almoço e bicicleta
contando as horas para o sofrimento glorioso de existir

veio então o sofrimento glorioso de existir
ninguém parece com você, alegria suprema e angustiante
como seguir adiante? passo a passo, em frente
dizem que o tempo costura a estrada correta

você amadurece e decreta... tsc, decreta nada, esquece
você ainda se repete
seu quarto segue asfixiante e você é mais uma
espremida entre a multidão de gente

ideias presas, alguma válvula de escape
maconha, política, sexo a três
– como a gente se sente moderna
na embriaguez

antes das dez, já é meia-noite
quem você pensa que é
apresente os documentos
(o secreto orgulho de ser um alvo)

casa, procria, trabalha, vicia
para o resto da família, a única resposta que interessa
escapou de propostas desumanas?
escapou de nada e coisa alguma

depois de um orgasmo lancinante
as dores nas costas acusam o golpe
nada mais é como era antigamente
e a alma enfim reclama

você cresceu demais e retornou ao princípio
não era esse o acordado
com as palavras de Cristo
viver tanto não devia ser pecado nem crime

perceba, caríssimo
desde o passado até aqui
um bocado de incertezas
deram nisso, a velhice

respiro fundo, então, e quase sorrio
afrontosa em frente ao júri
renuncio ao céu e me calo
nada tenho a dizer em minha defesa, meritíssimo

ILHA

sou muito feminina
quando viril
não segure a minha mão
tome um trago comigo
e me coma bem devagarinho
parecendo quase sozinho

amanhã serei tua mina
ao acordar
dengosa, cheirosa, gostosa
uma bisca boa
meio fina, agridoce, gasosa
namorada

enquanto te levantas e sais do quarto pra mijar
me esparramo na tua cama
puta e bem vagaba
porque ainda nem são sete
e entre o banheiro e a saudade
vais voltar

DRENAGEM

poça d'água no caminho, nem havia percebido que chovera à noite
nem havia percebido que eu sofrera à noite
nem havia percebido que eu morrera à noite
de manhã a água atolava meu olho direito e esquerdo

CICLO

quanto tempo falta para o destino soar a campainha?
quantos dias ainda para eu dar um novo nome ao meu desejo?
quantas horas de resistência antes que eu desista?
que segundo é esse que não finda?

meu lugar preferido na casa é o banheiro
vomito, urino, choro, a pia suja, o vaso, a crosta
tiro a roupa toda, entro embaixo do chuveiro
sabonete, bucha, xampu, o cabelo cai, e eu caio, frouxa

acreditei que o amor nem com a morte se encerrava
ninguém disse que terminaria mês passado, num final de tarde
hoje é meu aniversário e ninguém me cumprimentou
parabéns, qual a sua idade, quantos anos de dor nesta data querida?

REMORSO

eu, que lhe dediquei tantas noites e dias
que agradei sua família e despertei com sua insônia
eu que me vesti de acordo e me despi de mim
acolhi seus amigos, tomei seu vinho barato
eu que aprendi a sua prece
e pedi perdão por deslizes que nem cometi
eu que me interessei por engenharia e cálculo
que adotei os seus hábitos, que fiz até terapia
porque você insistia e pagava

eu, que passei a pintar o cabelo de loiro
que experimentei sashimi e pela primeira vez usei amarelo
eu que odeio amarelo
que quase usei aparelho porque você implicava
com meu canino superior esquerdo
eu que suei por um esporte que me esgotava
eu que lhe dei o que eu mais temia ter
um filho, um elo
que me acorrentei ao seu destino
enquanto essa criança viver

eu, que fui seu carpete, seu estepe
a última e estúpida mulher a crer

BIOGRAFIA

agora tenho um passado
presente que me foi dado
aos sessenta

VENETA

minhas escolhas erradas não encontram saída
não há como lhes facilitar a fuga do meu tribunal
então afasto as perguntas e continuo a vida
e as perguntas voltam, claro, assim que me encontram distraída

por que permitiu? por que ficou?
como não percebeu? ora, parece até que era só eu
escuto o silêncio interno da minha ignorância aturdida
que também sabe cravar os dentes

vai ver eu queria, precisava, gostava
talvez fosse um jeito de me penalizar
antes mesmo de enfrentar seu julgamento
e quem é que sabe, afinal, o que está fazendo?

ALTIVEZ

deu-me poucas horas ao todo, nem somou um dia cheio
metade de um abraço e nem um discurso inteiro
beijou meu rosto e deixou-me sem nenhuma certeza
a não ser a de que o triunfo é sempre da presa

SAIDEIRA

entre você e eu, nesse botequim
de tão modesto cardápio
só pão, salame e queijo coalho
escolhi a mim

em vez de comer
te ofertei um não congelado
um resto de beijo estragado
e fim

ADENTRO

enxergo através do retrovisor
um striptease improvisado
mas tanto tempo passou, será que ainda é você
querendo subir no palco do bar
numa noite em que subitamente esfriou?

prefiro entrar em acordo com a calma
toca música clássica e uma cama me espera com edredom
um milagre quente e um livro casto
repare, enterneci com arte
agarrada à borda do que me comoveu

noite e dia adentro
dor e gozo adentro
lento e vinho adentro
corpo e língua adentro
silêncio

não é morte, é o contrário
o céu desembrulha uma vida nova
e apaga a data do meu epitáfio
é outro tipo de sonho
que sonhado do avesso, me acorda

POSSE

tenho muitas coisas
que me deixam intocada
já que prestam pra nada

pessoas é que me servem
e mesmo poucas
me tornam usada

TRAVA

me dá a mão, garotinha
cruzaremos o resto da estrada juntas, entrelaçadas
não te escuto, você fala muito baixo
levanta a cabeça para ficar mais fácil

olha para mim, garotinha
traduz o idioma da tua quietude
me ajuda, ainda sou uma aprendiz
desses silêncios em excesso

o que te atingiu tão profundamente
que nem para mim te sentes
confortável em confessar?
confia, já estive em teu lugar

garotinha, em algum outubro ou janeiro
de algum ano que virá
olharás para o espelho e saberás
cheguei – pois é, chegarás

e serei teu ouvido, tua guia
tua madre, noviça, tua amiga
tua sobrinha, prima, cunhada
fala para mim, garotinha, já sei de tudo e quase nada

diz para mim, pausadamente
temos a tarde toda e mais a noite e a madrugada
uma vida inteira e algumas horas e o infinito
de alguma forma, será bonito, trágico e fluente

tens a chave da desobediência
destranca, destrava, solta tua palavra
não cala, é a tua vez de ser excêntrica
chora, declara, hora de ser valente

garotinha,
tua infância não pode durar para sempre